王女《おうじょ》さまたちの集《あつ》まりがあって

→めくってね

ティアラ会《かい》 7つの約束《やくそく》

1. 王女《おうじょ》としてのほこりを忘《わす》れないこと
2. 正《ただ》しいことをつらぬくこと
3. おたがいを信《しん》じ、みとめあうこと
4. こまったことやなやみが生《う》まれたら、わかちあうこと
5. 友《とも》のピンチにはかけつけること
6. 自分《じぶん》らしく、おしゃれをすること
7. 動物《どうぶつ》には愛情《あいじょう》をそそぎ、力《ちから》をつくして守《まも》ること

サマー姫《ひめ》
マヤ姫《ひめ》
フレイア姫《ひめ》
ロザリンド姫《ひめ》
ルル姫《ひめ》
ジャミンタ姫《ひめ》
クララベル姫《ひめ》
ジュエルで
ないしょの約束《やくそく》を
しあっている
んですって！

とっておきの
ひみつを
教《おし》えるね？
おとぎの世界《せかい》には
ティアラ会《かい》っていう

エラ姫《ひめ》
ユリア姫《ひめ》
イザベラ姫《ひめ》
ナッティ姫《ひめ》
アミーナ姫《ひめ》
かわいくて かしこくて
勇気《ゆうき》ある
女《おんな》の子《こ》たちが
魔法《まほう》の

たからさがし
と
魔法《まほう》の蝶《ちょう》

原作　ポーラ・ハリソン
企画・構成　チーム151E☆

学研

今回《こんかい》は、トロピカルなジャングルでたからさがしをするお話《はなし》……！

ベラチナ王国《おうこく》の
イザベラ姫《ひめ》

ティアラ

くるくるの
モチーフ

チャームポイント

カールした茶色《ちゃいろ》ヘアと
こい茶色《ちゃいろ》のひとみ

小指《こゆび》のジュエル

黄色《きいろ》いイエロー
トパーズ

性格《せいかく》

頭《あたま》のきりかえが
はやく、ひらめきに
すぐれている

なやみ

あわてもので
よく失敗《しっぱい》する

家族《かぞく》

お父《とう》さま…ビクター王《おう》
お母《かあ》さま…ニヴァ王妃《おうひ》
子《こ》ザルのペトロ

得意《とくい》なこと

アイディアを出《だ》すこと。
ジャングルの道案内《みちあんない》

すんでいる国《くに》

ベラチナ王国《おうこく》。
トロピカルフルーツが
たわわに実《みの》る
ジャングルがある

好《す》きなこと

写真《しゃしん》をとること。
タップダンス

カマラ王国《おうこく》の
アミーナ姫《ひめ》
おしとやかで
人《ひと》の気持《きも》ちに
びんかん

ダルビア王国《おうこく》の
ロザリンド姫《ひめ》
しっかりものではっきり
意見《いけん》をいう

リッディングランド王国《おうこく》の
ナッティ姫《ひめ》
明《あか》るくむじゃきで
正義感《せいぎかん》が強《つよ》い

そのほかの登場人物《とうじょうじんぶつ》

ジョセフィーナ

お城《しろ》の
コックさん

ペトロ

お城《しろ》にすむ
男《おとこ》の子《こ》のサル

マデロ

トレジャー
ハンターの
リーダー

ニヴァ王妃《おうひ》

イザベラ姫《ひめ》の
お母《かあ》さま

ビクター王《おう》

イザベラ姫《ひめ》の
お父《とう》さま

もしもね
だいじなことが
うまくいかなかったり

どう進《すす》んだらいいか
みえなく
なったらね

心《こころ》でこうつぶやいてみて？
「方《ほう》法《ほう》はほかにも
かならずあるわ！」
運《うん》にめぐまれる

おまじないよ。

Belatina
ベラチナ

たからさがし
と魔《ま》法《ほう》の蝶《ちょう》

たからさがしと魔法《まほう》の蝶《ちょう》

もくじ

1 たいへんだわ！

おとぎの世界《せかい》のあるところに、ベラチナ王国《おうこく》という国《くに》がありました。

あたたかな日《ひ》ざしがふりそそぎ、おいしいフルーツや美《うつく》しい花《はな》に一年《いちねん》じゅうめぐまれる、熱帯《ねったい》の国《くに》です。

人《ひと》びとも動物《どうぶつ》たちもみんな、しあわせにくらしていました。

……でも、きょうは、いつもの平和《へいわ》な毎日《まいにち》とは、ちょっとちがうようです。

「たいへん、たいへんだわ！」

〝トロピカル・フォレスト〟とよばれるフルーツいっぱいのジャングルを、ひとりの女《おんな》の子《こ》が、あせった顔《かお》で走《はし》ってきたのです。

ゆるやかにカールした髪《かみ》が風《かぜ》にみだれるのも気《き》にせず、全速力《ぜんそくりょく》で小道《こみち》をかけてくる彼女《かのじょ》は……ベラチナ王国《おうこく》の王女《おうじょ》さま、イザベラ姫《ひめ》。

仲《なか》よしの子《こ》ザルのペトロが、木《き》から木《き》へとびうつりながら、ついてきています。


とんがり屋根《やね》の塔《とう》がならぶ白《しろ》いお城《しろ》へ帰《かえ》ってきたイザベラ姫《ひめ》は、大理石《だいりせき》の階段《かいだん》をのぼると、エントランスを入《はい》り、そのままダイニングルームへかけこみました。

「お父《とう》さま、お母《かあ》さま。
たいへんよ！」
ニヴァ王妃《おうひ》
ペトロ
イザベラ姫《ひめ》

お母《かあ》さまであるニヴァ王妃《おうひ》と、お父《とう》さまであるビクター王《おう》は、ゆうがにティータイムをすごしているところでした。

テーブルの上《うえ》には、もぎたてのフルーツがたっぷりもられています。

いたずらっ子《こ》のペトロは、テーブルへぴょんととびのり、マンゴーとオレンジの仕《し》わけをしてあそびはじめました。


「イザベラ、何《なに》がたいへんなの？　落《お》ちついて、ゆっくり話《はな》してごらん」

お母《かあ》さまが、グラスにパイナップルジュースをそそぎながら、たずねました。

お父《とう》さまは、国《くに》をゆたかにするための研究《けんきゅう》に集中《しゅうちゅう》しているのか、こちらをちらりとみただけで、なにやら古《ふる》い巻物《まきもの》を広《ひろ》げています。

イザベラ姫《ひめ》は、いつも国《くに》のことを考《かんが》えているお父《とう》さまを尊敬《そんけい》していました。

そして、自分《じぶん》も国《くに》をだいじに思《おも》っているからこそ、こんなにあせっているのです。

「わたしね、みてしまったの……ひどいことが起《お》こっているわ！」

イザベラ姫《ひめ》は、先《さき》ほどあったショックなできごとを、話《はな》しはじめました……。

それは、蝶《ちょう》や鳥《とり》などの写真《しゃしん》をとるのをしゅみとするイザベラ姫《ひめ》が、いつものようにトロピカル・フォレストで、カメラをかまえていたときのこと。

ドンッと、おおきな音《おと》がして、地面《じめん》がぐらぐらっとゆれました。

音《おと》のしたほうをみると、木《き》のなくなった、がらんとした場所《ばしょ》があるようです。

近《ちか》づいて、しげみから様子《ようす》をうかがったイザベラ姫《ひめ》は……おどろきました。

みしらぬ男《おとこ》たちが、おおきなおのをふっているではありませんか。
（この人《ひと》たちが、フルーツの木《き》をきりたおしているんだわ！）
おどろいたのは、それだけではありませんでした。

「しっしっ」「じゃまなやつらめ」「あっちへいけ！」

フルーツをひろいにきたサルたちを、おので乱暴《らんぼう》においはらったのです。

トロピカル・フォレストには、たくさんの動物《どうぶつ》がすんでいます。

フルーツの木《き》は野生《やせい》の動物《どうぶつ》にとって、大切《たいせつ》な家《いえ》であり、食料《しょくりょう》なのに……。

（この人《ひと》たち、だれ？　木《き》やサルに、なんてひどいことをするのかしら！　このままあらされつづけたら……動物《どうぶつ》たちが安心《あんしん》してくらしていけなくなるわ）

いかりを感《かん》じたイザベラ姫《ひめ》は、お父《とう》さまへ知《し》らせるために急《いそ》いだのでした。


「……というわけなの、お父《とう》さま。トロピカル・フォレストは、ベラチナ王国《おうこく》にとって、たからもののような場所《ばしょ》でしょう？　いっしょにきて、やめさせて！」

イザベラ姫《ひめ》は期待《きたい》をこめて、みつめます。

お父《とう》さまならすぐに立《た》ちあがって、男《おとこ》たちにフォレストから出《で》ていくよう、命《めい》令《れい》してくれる……と思《おも》っていたのに、返事《へんじ》がありません。

あいかわらず巻物《まきもの》をじっとにらみ、考《かんが》えこんでいるのです。

「お父《とう》さま……？」

イザベラ姫《ひめ》がよぶと、ようやく顔《かお》をあげてくれました。

「ん？　何《なに》か……いったかね？」

こんなにだいじな話《はなし》だというのに、ほとんどきいていなかったようです。

イザベラ姫《ひめ》は、いつものお父《とう》さまと様子《ようす》がちがうのが気《き》になりながらも、もう一度《いちど》、おなじ話《はなし》をくりかえしました。

「……だから、あの人《ひと》たちに、木《き》をきるのをやめさせてほしいの！」

すると、お父《とう》さまは、巻物《まきもの》をくるくるともとにもどし、こうこたえたのです。

「好《す》きにやらせてあげなさい」

信《しん》じられない言葉《ことば》は、さらにつづきます。

「その男《おとこ》たちのことなら知《し》っている。彼《かれ》らは〝トレジャーハンター〟だ」

イザベラ姫《ひめ》の、予想《よそう》もしなかった大冒険《だいぼうけん》は、ここからはじまったのです！

2

トレジャーハンター

お父《とう》さまが、あのあやしい男《おとこ》たちの正体《しょうたい》を知《し》っていたなんて。

〝トレジャーハンター〟とは、たからもの（トレジャー）さがしを仕事《しごと》にしている人《ひと》のこと。

海《うみ》にしずんだ船《ふね》や山《やま》おくのどうくつ、古《ふる》い時代《じだい》の遺跡《いせき》など、人《ひと》のいかない場《ば》所《しょ》にかくされた、むかしのお金《かね》や貴重《きちょう》品《ひん》をさがしだすプロなのですが……。

そんな人《ひと》びとが、このベラチナ王国《おうこく》へ、何《なに》をしにきたのでしょう。

「イザベラ。おまえも〝ロスト・ゴールド〟の伝説《でんせつ》は知《し》っているね?」

〝ロスト・ゴールド〟というのは、ゆくえ不明《ふめい》の金貨《きんか》のことです。

トロピカル・フォレストにまつわる有名《ゆうめい》な伝説《でんせつ》で、イザベラ姫《ひめ》もおさないころは、ねるまえに、お母《かあ》さまにお話《はなし》をきかせてもらったものでした……。


何百年《なんびゃくねん》もまえのこと。人《ひと》びとには、だいじなたからものがありました。

それは……目《め》もくらむほど、まぶしくかがやく金貨《きんか》。

金貨《きんか》の光《ひかり》には、人《ひと》の心《こころ》をとりこにする、不思議《ふしぎ》な美《うつく》しさがあったのです。

やがて、金貨《きんか》のうわさは国《くに》の外《そと》まで広《ひろ》まり、世界《せかい》じゅうの欲《よく》ばりなどろぼうたちが、トロピカル・フォレストをねらいはじめます。

人《ひと》びとは金貨《きんか》を安全《あんぜん》な場所《ばしょ》へかくし、ありかについてかたく口《くち》をとざしました。

時《とき》がたち、いつしか金貨《きんか》はゆくえ不明《ふめい》となったのです……。


「〝ロスト・ゴールド〟を発見《はっけん》すると、わがベラチナ王国《おうこく》に、何《なに》かおおきなしあわせがもたらされるというのだ。どうだ、すばらしいだろう？」

お父《とう》さまは、夢《ゆめ》みる少年《しょうねん》のような目《め》をしていいます。

「でも、お父《とう》さま。〝ロスト・ゴールド〟は、想像《そうぞう》の物語《ものがたり》でしょう？」

「いや。想像《そうぞう》の物語《ものがたり》などではないぞ。今《いま》ふたたび、ゴールドを発見《はっけん》するチャンスがきたのだ！」

お父《とう》さまは、目《め》をかがやかせて、先《さき》ほどまでみていた巻物《まきもの》を持《も》ちあげました。

古《ふる》めかしいもようの布《ぬの》でできています。

「遠《とお》い国《くに》からやってきたハンターたちが、教《おし》えてくれたのだ。城《しろ》のどこかに〝ロスト・ゴールド〟のありかを示《しめ》す暗号《あんごう》があるはずだと。そして、たしかにその暗号《あんごう》はわたしの書《しょ》さいにあった。この布《ぬの》の巻物《まきもの》に、書《か》かれていたのだ」

国《くに》の歴史《れきし》や美術《びじゅつ》を熱心《ねっしん》に学《まな》んでいるお父《とう》さまが、〝伝説《でんせつ》のたから〟を発見《はっけん》できるときいて、目《め》をかがやかせるのも無理《むり》はありません。

「ゴールドは、ハンターたちと半分《はんぶん》ずつわける約束《やくそく》だ。なあに、彼《かれ》らはすぐにみつかるといってるし、せいぜい四《し》、五本木《ごほんき》をきって、地面《じめん》をほるだけだろう」

イザベラ姫《ひめ》は、おかしいわ、と首《くび》をかしげました。

先《さき》ほどみた男《おとこ》たちのあの様子《ようす》……四《し》、五本《ごほん》のつもりとは、とても思《おも》えません。

テーブルの上《うえ》のペトロが音《おと》を立《た》てました。

そのとたん、お父《とう》さまはまゆをつりあげ、おおきな声《こえ》でどなったのです。

「ペトロ、おりなさい！」

イザベラ姫《ひめ》は、びくっとふるえました。

「ここは王《おう》の城《しろ》のダイニングルームだ。動物園《どうぶつえん》ではないぞ！」

もともとペトロは野生《やせい》のサルでしたが、赤《あか》ちゃんのとき、ひとりぼっちでいたのをイザベラ姫《ひめ》がみつけ、お世話《せわ》したのです。

それからはお城《しろ》でくらすようになり、今《いま》はイザベラ姫《ひめ》のいちばんの親友《しんゆう》でした。

「お父《とう》さま、ごめんなさい！」

あわててペトロをだきあげようと、うでをのばしたとたん……ガッシャーン！

お母《かあ》さまのほうへ、ジュースのびんをたおしてしまいました。

「きゃあ！　お母《かあ》さま、ちがうの！　わざとじゃないの」

ペトロはキャッととびあがり、テーブルをドタバタ走《はし》りまわると、フルーツのうつわをひっくりかえし、ろうかへにげていきました。


お母《かあ》さまが、片《かた》づけのため、席《せき》を立《た》ちます。

「やれやれ……巻物《まきもの》までよごされてはたいへんだ。書《しょ》さいへしまってこよう」

お父《とう》さまもため息《いき》をついて、立《た》ちあがったので、イザベラ姫《ひめ》はあせりました。

「待《ま》って、お父《とう》さま！　このままじゃ、フルーツの木《き》をきられて、動物《どうぶつ》が……」

しかし、たった今《いま》の失敗《しっぱい》のあとでは、タイミングがよくありませんでした。お父《とう》さまは「おまえは早《はや》とちりで、あわてんぼうだからな」「木《き》はほかにもたくさんあるから、だいじょうぶだ」と、しんけんにきいてくれなかったのです。

しょんぼりとろうかへ出《で》たイザベラ姫《ひめ》は、おおきな花《か》びんのかげに、決《き》まりわるそうなペトロがかくれているのをみつけました。

「ペトロ、だいじょうぶよ。お父《とう》さまをおこらせたのは、わたしなの……」

だきあげて歩《ある》いていると、お母《かあ》さまのお部屋《へや》から、やさしい声《こえ》がきこえます。

「イザベラ、こちらへいらっしゃい」

中《なか》へ入《はい》ると、ドレッサーのまえで、手《て》まねきしていました。

お母《かあ》さまならわかってくれるかもしれないと、少《すこ》し期待《きたい》します。

「……さっきの話《はなし》ね。フルーツの木《き》をきられてショックだったのは、わかるの。

でも、お父《とう》さまを信《しん》じなさい。その男《おとこ》の人《ひと》たちはたくさん木《き》をきったりしないわ」

どうやら味方《みかた》には、なってくれないようです。

表情《ひょうじょう》をくもらせるイザベラ姫《ひめ》の手《て》を、お母《かあ》さまがやさしくにぎりました。

「ほら……少《すこ》し気分転換《きぶんてんかん》をしましょう。この髪《かみ》かざりね……」

ベルベット生地《きじ》の宝石箱《ほうせきばこ》をあけると、ひとつをさしだします。

「あなたによく似合《にあ》うと思《おも》うの。着《つ》けたら、元気《げんき》が出《で》るんじゃないかしら？」

それは、蝶《ちょう》の形《かたち》をしたすてきな髪《かみ》かざり。
羽《はね》には、すきとおったブルーのサファイアがきらきら光《ひか》っています。

イザベラ姫《ひめ》は、にっこりと笑顔《えがお》をつくろうとしましたが……無理《むり》でした。

「お母《かあ》さま、ごめんなさい。そんな気分《きぶん》になれなくて」

こうしている間《あいだ》にも、ハンターたちは、だいじな木《き》をきりつづけているのです。

「あの人《ひと》たちが〝ロスト・ゴールド〟をさがさないでいてくれたらいいのに」

ぽつんとつぶやくと、なぐさめるように頭《あたま》をなでられました。

「遠《とお》いむかしのたからをみつけることは、国《くに》の歴史《れきし》を知《し》るためにも役立《やくだ》つのよ」

ペトロが、ドレッサーの上《うえ》で、蝶《ちょう》の髪《かみ》かざりを頭《あたま》にのせてあそんでいます。

先《さき》ほどお父《とう》さまにしかられたことなんて、もうすっかり忘《わす》れているみたい。

イザベラ姫《ひめ》は、トロピカル・フォレストのサルたちのことを思《おも》いうかべました。

（お父《とう》さまもお母《かあ》さまも、自分《じぶん》の目《め》でハンターたちの行動《こうどう》を確《たし》かめれば、木《き》をたくさんきろうとしているって、わかってくれるはずなのにな）

でも、ふたりを外《そと》へつれだすのは、むずかしそうでした。

（だったら、ひとりでトロピカル・フォレストを守《まも》れる手《て》はないか、さがそう）

こういうときは、発想《はっそう》をかえてみると、案外《あんがい》いい方法《ほうほう》が思《おも》いつくものです。

イザベラ姫《ひめ》の頭《あたま》に、ポンと、すてきなアイディアがうかびました。

（……そうよ！　わたし、ひとりじゃないわ。みんながいるじゃない！）

そう考《かんが》えるとわくわくしてきて、とびはねたいほどです。

イザベラ姫《ひめ》はあまえるように、お母《かあ》さまにだきつきました。
「ねえ、お母《かあ》さま。お願《ねが》いがあるの……」
なるべく、しんちょうに言葉《ことば》を選《えら》びます。
「わたしね、春《はる》の舞踏会《ぶとうかい》で出会《であ》った王女《おうじょ》さまたちと、ゆっくり話《はな》してみたいの。
ここへご招待《しょうたい》しても、いい？」
おねだりしながら、右手《みぎて》の小指《こゆび》のつめのネイルにちらりと目《め》を向《む》けました。
アートしてあるハート形《がた》の黄色《きいろ》いジュエル（宝石《ほうせき》）は、イエロートパーズ。
実《じっ》はこのイエロートパーズには、お母《かあ》さまの知《し》らないひみつがあるのです！

3

ジュエルのひみつ

お母《かあ》さまは、イザベラ姫《ひめ》の顔《かお》をのぞきこみ、うれしそうにうなずきます。

「すてきな考《かんが》えだわ！　あなたには、いっしょに王女《おうじょ》らしいことをしてすごす相手《あいて》が、必要《ひつよう》だと思《おも》っていたの」

イザベラ姫《ひめ》は、笑《わら》いをこらえるのに必死《ひっし》でした。

そのお友《とも》だちと集《あつ》まって、何《なに》をするつもりか、お母《かあ》さまが知《し》ったら……！

大人《おとな》たちにはないしょですが、イザベラ姫《ひめ》は、世界《せかい》じゅうの王女《おうじょ》さまたちで結《けっ》成《せい》したひみつの活動《かつどう》『ティアラ会《かい》』のメンバーです。

メンバーである王女《おうじょ》さまたちは全員《ぜんいん》、右手《みぎて》の小指《こゆび》に、ハート形《がた》のちいさなジュエル（宝石《ほうせき》）をネイルアートしています。

このジュエルは魔法《まほう》のパワーを持《も》っていて、気持《きも》ちの通《つう》じあった仲間《なかま》どうしなら、たとえはなれていても、心《こころ》と心《こころ》の声《こえ》をつたえあうことができるのです！

『ティアラ会《かい》』の王女《おうじょ》さまは、動物《どうぶつ》や国《くに》を大切《たいせつ》にする、やさしい気《き》持《も》ちにあふれた女《おんな》の子《こ》ばかり。

トロピカル・フォレストを心配《しんぱい》し、サルやほかの動物《どうぶつ》たちのために、フルーツの木《き》を守《まも》りたい、というイザベラ姫《ひめ》に、きっと力《ちから》をかしてくれることでしょう。

「イザベラ、その王女《おうじょ》さまたちの国《くに》と名前《なまえ》を教《おし》えなさい。すぐに、ご両親《りょうしん》に連絡《れんらく》してお願《ねが》いしてみましょうね」

「緑《みどり》がいっぱいの国《くに》、リッディングランド王国《おうこく》のナッティ姫《ひめ》と、東《ひがし》の海《うみ》の近《ちか》くにあるカマラ王国《おうこく》のアミーナ姫《ひめ》、それから北《きた》のダルビア王国《おうこく》のロザリンド姫《ひめ》よ」

イザベラ姫《ひめ》がつたえると、お母《かあ》さまは、さらさらとメモをとりました。

「三人《さんにん》がいらしたら、とびきりのディナーでおもてなししましょう」

スキップしたい気分《きぶん》でお母《かあ》さまのお部屋《へや》を出《で》ると、イザベラ姫《ひめ》は、ペトロをつれて、かくれられる場所《ばしょ》をさがしました。

まわりに人《ひと》がいないことを確《たし》かめ、右手《みぎて》の小指《こゆび》をぴんと立《た》てます。

ハート形《がた》のイエロートパーズがきらめいて、希望《きぼう》の光《ひかり》のようにみえました。

ペトロが、イザベラ姫《ひめ》のうでをつたって、トパーズにさわろうとします。

「あ、だめよ！」

きょとんとしたペトロの顔《かお》は「これ、何《なに》するの？」とでもいいたそうです。

イザベラ姫《ひめ》は、ふふっと笑《わら》いました。

「あのね。このジュエルで、ほかの王女《おうじょ》さまたちをよべるのよ」

イザベラ姫《ひめ》は静《しず》かに目《め》をとじ、遠《とお》くはなれた国《くに》でくらしている、ナッティ姫《ひめ》、アミーナ姫《ひめ》、ロザリンド姫《ひめ》を思《おも》いうかべました。
そして、気《き》持《も》ちを集中《しゅうちゅう》させ、心《こころ》でそっとつぶやいたのです。

お願《ねが》い 助《たす》けて。
みんなの力《ちから》が
必要《ひつよう》なの。

イザベラ姫《ひめ》は、イエロートパーズにふれ、心《こころ》で話《はな》しかけます。

「きこえますか？　こちら、イザベラ。動物《どうぶつ》たちとトロピカル・フォレストを守《まも》るために、きてください。母《はは》にみんなを招待《しょうたい》するように、いってあります」

……はたして、メッセージはちゃんと、とどいたでしょうか？

ふいに、お城《しろ》の外《そと》でエンジンのうなる、おおきな音《おと》がきこえました。

まどからのぞくと、オレンジ色《いろ》のトラックが、お庭《にわ》へ入《はい》ってきてとまります。

「あ！　あの人《ひと》たちは……」

トラックから次《つぎ》つぎにおりてくるのは、先《さき》ほどの男《おとこ》たちではありませんか。

4

あやしげな会議《かいぎ》

「……で、どうなんだ、マデロ。〃ロスト・ゴールド〃はみつかったのか？」

書《しょ》さいから、お父《とう》さまのわくわくした声《こえ》が、もれてきます。

どうやら「マデロ」というのは、トレジャーハンターの名前《なまえ》のよう。

イザベラ姫《ひめ》は、音《おと》を立《た》てないようにしのび足《あし》で近《ちか》づくと、少《すこ》しあいたとびらから、中《なか》をのぞきました。

「まだみつかってはいません。しかし、もうすぐです」

そうこたえた、四角《しかく》い顔《かお》で、黒《くろ》い口《くち》ひげをはやした男《おとこ》の人《ひと》が、マデロでしょう。

ハンターたちのリーダーに、ちがいありません。

「それで、ビクター王《おう》。もう一度《いちど》、あの巻物《まきもの》の暗号《あんごう》を確認《かくにん》させていただけますか」

「ああ、もちろんだ」

巻物《まきもの》をながめながら、マデロがおおげさに「ううむ」とうなりました。

「むむむ……この部分《ぶぶん》がむずかしいなぁ……」

顔《かお》をしかめて、暗号《あんごう》を指《ゆび》でなぞっているのがみえます。

「だが、おまえたちならとけるだろう？　プロのトレジャーハンターだしな」

心配《しんぱい》そうなお父《とう》さまに、マデロが、自信《じしん》たっぷりな声《こえ》で返事《へんじ》をしました。

「おまかせください、ビクター王《おう》。伝説《でんせつ》の〝ロスト・ゴールド〟は、もうすぐわたしたちハンターの……い、いや、この国《くに》の最大《さいだい》の財産《ざいさん》になりますよ」


やがて、ハンターたちが立《た》ちあがりました。

「それでは、仕事《しごと》へもどります。もっと木《き》をきって、地面《じめん》をほる必要《ひつよう》がありそうなので……〝ロスト・ゴールド〟がみつかりしだい、すぐにお知《し》らせします」

話《はなし》をきいていたイザベラ姫《ひめ》は、むねがずんといたみました。

ハンターたちは、平和《へいわ》なフォレストを、どれだけあらすつもりでしょう。

けれども、ここで「木《き》をきるのをやめて」とお願《ねが》いしたとしても、お父《とう》さまもハンターたちも、「やめる」なんていうはずがありません。

(だったら、やめさせるほかの手《て》はないかしら?)

頭《あたま》をきりかえると、あるひとつの作戦《さくせん》を思《おも》いつきました。

「そうだ。トレジャーハンターたちを足《あし》どめして、きょうはトロピカル・フォレストに、もどれないようにすればいいんだわ!」

日《ひ》がしずむまでお城《しろ》にいさせれば、暗《くら》くて木《き》をきるのをあきらめるはずです。

(ベラチナ王国《おうこく》の王女《おうじょ》として、フォレストを守《まも》るため……作戦開始《さくせんかいし》よ!)

イザベラ姫《ひめ》は心《こころ》を決《き》めると、書《しょ》さいのとびらをバタンと勢《いきお》いよくあけました。

「お客《きゃく》さま！　ベラチナ王国《おうこく》へようこそ」

ドレスのスカートを軽《かる》くつまみ、おおげさにあいさつをしてほほえみます。

「おほほほ。わたくし、王女《おうじょ》のイザベラです。お客《きゃく》さまのために飲《の》みものとケーキを用意《ようい》しましたの。たっぷりおもてなしさせてくださいな」

するとマデロが、めいわくそうに目《め》を泳《およ》がせてこたえました。

「は、はぁ……王女《おうじょ》さま、ご親切《しんせつ》にどうも。ですが、われわれはもう仕事《しごと》に……」

暗号《あんごう》を確認《かくにん》した今《いま》は、すぐにでも、ゴールドをさがしにもどりたいのでしょう。

けれど、そうはさせません！

「あら。ベラチナ王国《おうこく》では、お城《しろ》にいらしたお客《きゃく》さまに、おいしいものをお楽《たの》しみいただくのが決《き》まりですのよ。ね？　王《おう》さま？」

「……たしかにそうだったな」

お父《とう》さまがうなずくと、マデロたちハンターは、もてなしをことわるわけにもいかなくなり、しぶしぶソファーへすわりました。

「それでは、イザベラ。コックといっしょに持《も》ってきてくれ」

イザベラ姫《ひめ》は「はい！」と元気《げんき》よく返事《へんじ》をし、キッチンへかけていきます。

そうです。これは〝おもてなしスイーツで時間《じかん》かせぎ〟大作戦《だいさくせん》。

ゆっくり食《た》べさせれば、フォレストにもどる時間《じかん》もおそくなることでしょう！

「お待《ま》たせしました。
コックのジョセフィーナとくせい！
チョコレートケーキで～す」

運《うん》よくおおきなケーキがあって、時間《じかん》がかせげる……と思《おも》ったのですが、ハンターたちは、がつがつとすぐに食《た》べつくしました。

イザベラ姫《ひめ》はすかさず
次《つぎ》のスイーツをはこんできます。

「バナナとナッツの
スペシャルブレッド。
焼《や》きたてですの！」

「マンゴーの
アイスクリームもどうぞ。
フレッシュな果肉《かにく》たっぷり！」

「レモネードです」「コーヒーのおかわりもいれましょう」と、いそがしく動《うご》きまわりますが……お皿《さら》はどんどん、からになっていきます。

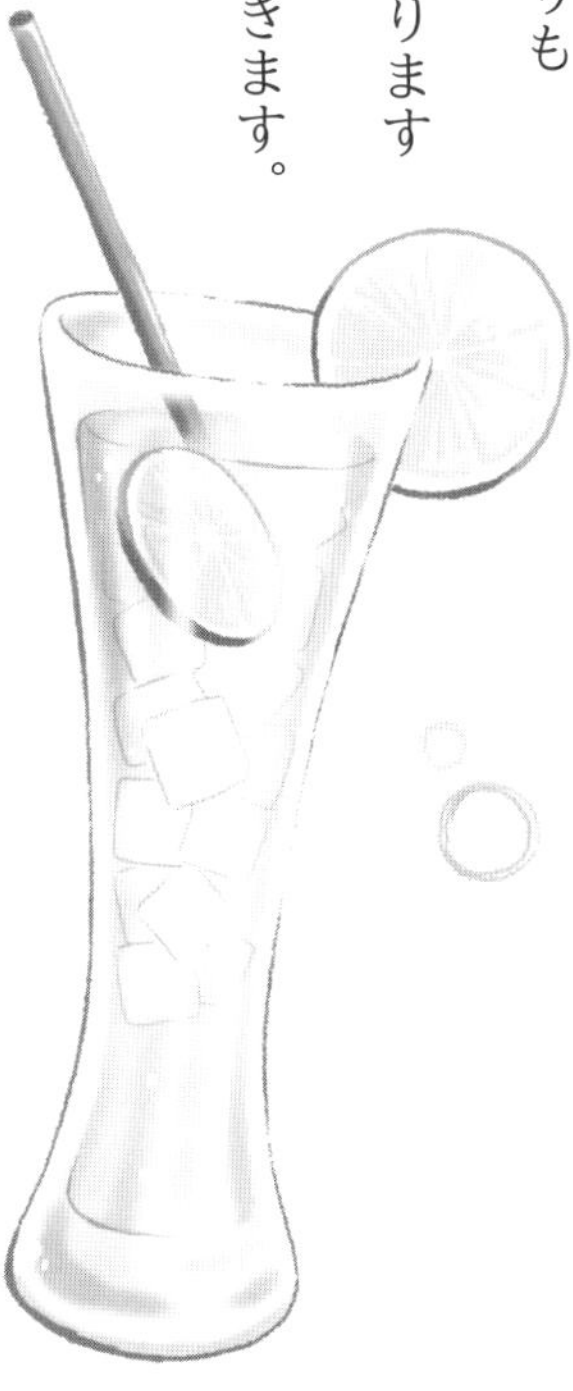

「ゲフ、おなかいっぱい。そろそろ失礼《しつれい》して、ほんとうに仕事《しごと》へもどらなくては」

マデロが、口《くち》ひげについたチョコレートをぬぐいながら、立《た》ちあがりました。

「まあ、いけませんわ！　まだほかにも、おためしいただきたいものが……」

あせって声《こえ》をかけますが、ついに、お父《とう》さまにとめられてしまいます。

「イザベラ……もう、じゅうぶんだ。みなさん仕事《しごと》があるんだから」


ハンターたちが、オレンジ色《いろ》のトラックへのりこみます。

「それでは、王《おう》さま。失礼《しつれい》いたします」

最後《さいご》にマデロがあいさつをし、イザベラ姫《ひめ》が、がっかりしていると……。

「おい、トラックのカギがないぞ！」

運転席《うんてんせき》のハンターが、おおきな声《こえ》でさけびました。

「カギをつけたままおりたはずだ！」「どこかに落《お》ちてるんじゃないか？」

なんと、思《おも》いもよらなかったトラブルが起《お》きたのです。

「トラックがないと、木《き》をきる道具《どうぐ》がはこべないぞ」「さがせ、さがせ！」

イザベラ姫《ひめ》は、ふと気《き》がつきます。

（……そういえば、ペトロはどこ？）

きょろきょろとあたりをみまわしました。

すると、ペトロはなぜか、お庭《にわ》の泉《いずみ》のそばでおどけたダンスをおどっています。
思《おも》わずふきだしそうになったイザベラ姫《ひめ》は、あわてて口《くち》をおさえました。
（ペトロ！　これは、あなたのいたずらね？）
カギをとったところをみてはいませんが、時間《じかん》かせぎをしたい今《いま》は好都合《こうつごう》です。
みんなで数時間《すうじかん》さがして……ようやく、泉《いずみ》の底《そこ》にしずんだカギが出《で》てきました。
もうすっかり日《ひ》がくれていて、フォレストにもどっても作業《さぎょう》はできません。
ラッキーなトラブルのおかげで、きょうのところは助《たす》かりました。
そしてよく朝《あさ》、早起《はやお》きしたイザベラ姫《ひめ》に、うれしいことが待《ま》っていたのです。

5

心強《こころづよ》い仲間《なかま》たち

さえずる小鳥《ことり》の声《こえ》にまじり、車《くるま》の到《とう》着《ちゃく》する音《おと》がきこえてきます。

女《おんな》の子《こ》たちの楽《たの》しそうな笑《わら》い声《ごえ》も、とどきました。

「ねえペトロ、もしかして……？」

イザベラ姫《ひめ》はうきうきと、エントランスのとびらをひらきます。

お城《しろ》の階段《かいだん》を、のぼってきていたのは……三人《さんにん》の王女《おうじょ》さま！

ダルビア王国《おうこく》の
ロザリンド姫《ひめ》
カマラ王国《おうこく》の
アミーナ姫《ひめ》
リッディングランド王国《おうこく》の
ナッティ姫《ひめ》

「イザベラ姫《ひめ》！
わたしたちに
会《あ》いたかった？」

くるくるの髪《かみ》がゆれるナッティ姫《ひめ》、
おだやかにほほえむアミーナ姫《ひめ》、
大人《おとな》っぽいドレスのロザリンド姫《ひめ》。
会《あ》いたくてたまらなかった、
仲間《なかま》たちです！

「みんな！　きてくれてありがとう。とってもはやかったのね」

きのう連絡《れんらく》したばかりだというのに、きょう会《あ》えるなんて！

「わたしね、カマラ王国《おうこく》からここまで、夜《よる》の間《あいだ》じゅう飛行機《ひこうき》にのってきたのよ」

「あら、アミーナ姫《ひめ》よりわたしのほうが、もっと長《なが》かったわ。ダルビア王国《おうこく》がいちばん遠《とお》いんだもの。飛行機《ひこうき》でねむったのは、はじめて」

「それにしても、ぐうぜん、おなじ時間《じかん》に到着《とうちゃく》したのは、うれしかったよね」

三人《さんにん》ともイザベラ姫《ひめ》が心配《しんぱい》で、急《いそ》いで準備《じゅんび》して、かけつけてくれたのです。

なんて友《とも》だち思《おも》いで、たのもしい王女《おうじょ》さまたちなのでしょう。

このみんながそろえば、こわいものなんてありません！

「話《はな》したいことがたくさんあるの。だけど、先《さき》に朝食《ちょうしょく》にしましょう。おなかがすいたでしょう？」

フルーツたっぷりのサンドイッチと、しぼりたてのパイナップルジュースをいただいた四人《よにん》のところへ、お母《かあ》さまがやってきました。

「王女《おうじょ》さまたち！　ようこそ、ベラチナ王国《おうこく》へ」

むすめに、おとまり会《かい》をするほど仲《なか》のいいお友《とも》だちができたことがうれしいのか、お母《かあ》さまはとっても上《じょう》きげんです。

アミーナ姫《ひめ》が、さっとまえに進《すす》みでて、ごあいさつをしました。

「ニヴァ王妃《おうひ》。わたくしたちを、ベラチナ王国《おうこく》へ
おまねきいただき、ありがとうございます」
三人《さんにん》の王女《おうじょ》さまたちは、そろってひざを曲《ま》げ、
おしとやかにほほえみます。

お母《かあ》さまは、満足《まんぞく》そうに顔《かお》をほころばせました。

「よかったわね、イザベラ。女《おんな》の子《こ》らしく、上品《じょうひん》なおとまり会《かい》になりそうね」

イザベラ姫《ひめ》は、ナッティ姫《ひめ》たちと、こっそり目《め》くばせをします。

もちろん、ほんとうは、ただのおとまり会《かい》ではありません。

三人《さんにん》はイザベラ姫《ひめ》の心配《しんぱい》を解決《かいけつ》するために、かけつけてくれたのですから！

「お母《かあ》さま。わたし、みなさんをそれぞれのお部屋《へや》へ案内《あんない》してくるわ」

四人《よにん》は、クスクス笑《わら》いあいながら、上《うえ》の階《かい》へと向《む》かいました。


「それで……何《なに》があったの？」

荷物《にもつ》をおいたあと、みんなは、イザベラ姫《ひめ》のお部屋《へや》に集《あつ》まっていました。

〝ロスト・ゴールド〟のことや、トレジャーハンターたちのこと、トロピカル・フォレストでみたことを、三人《さんにん》にくわしく説明《せつめい》します。

「悪《わる》い予感《よかん》がするの……ハンターたちは、どれだけ自然《しぜん》をきずつけているか、それがどんなに動物《どうぶつ》たちをくるしめるのか、深刻《しんこく》さをわかっていなかったから」

大好《だいす》きな動物《どうぶつ》たちの不幸《ふこう》なすがたを想像《そうぞう》すると……なみだがあふれてきました。

「父《ちち》や母《はは》には相談《そうだん》したけれど、わたしがいつもあわてんぼうなせいか、早《はや》とちりだといって気《き》にもとめないの。ほんとうに、思《おも》いすごしだったらいいのに……」

話《はなし》をきいたナッティ姫《ひめ》たちも、イザベラ姫《ひめ》の不安《ふあん》がよくわかるようです。

「自分《じぶん》の国《くに》の、大切《たいせつ》な場所《ばしょ》があらされるとしたら、だまっていられないよね」

「王女《おうじょ》として、フルーツの木《き》がきられるのをとめるべきだと思《おも》うわ」

自分《じぶん》のことのように、トロピカル・フォレストを心配《しんぱい》してくれる三人《さんにん》。

イザベラ姫《ひめ》は悲《かな》しかった気持《きも》ちをなぐさめられ、はげまされました。

「みんながきてくれて、心強《こころづよ》いわ。だってきのうまで、わたしの味方《みかた》はペトロだけだったの……あれ？　そういえば」

みんなにしょうかいしようと思《おも》ったのに、またペトロのすがたがありません。

「ペトロ？　はずかしがっていないで、出《で》ておいで」

すると、まどのそばでウキッと声《こえ》がして、シャーッとカーテンがひらきました。

「わあ、びっくりした」「ペトロって、おサルさんだったのね」「かわいい！」

ちいさな男《おとこ》の子《こ》ザルの登場《とうじょう》に、ナッティ姫《ひめ》たちも大《おお》よろこびです。


四人《よにん》はさっそく、フォレストの木《き》をきらせない方法《ほうほう》を考《かんが》えはじめました。

「ニ・ン・ジ・ャみたいにそっと近《ちか》づいて、おどかしておいだしちゃいましょうよ？」

ロザリンド姫《ひめ》が、いたずらっぽく目《め》をくるっとまわします。

「う〜ん……ハンターは大勢《おおぜい》いるし大人《おとな》だし、かんたんにはおどろかないかも」

イザベラ姫《ひめ》は、体格《たいかく》のいい男《おとこ》たちを思《おも》いだしながら、うでをくみました。

「それじゃあ、お・の・をかくしちゃうとか」

「いい考《かんが》えだけど、トラックに、予備《よび》のおのをつんでいたはずなの」

王女《おうじょ》さまたちは思《おも》いつくままに、木《き》をきらせない作戦《さくせん》を出《だ》しあいます。

すると、アミーナ姫《ひめ》が「そうだわ！」と、ひらめいたのです。


「わたしたち四人《よにん》で、先《さき》に〝ロスト・ゴールド〟をみつけてしまうのは、どう？」

もともと、ハンターたちは、〝ロスト・ゴールド〟をさがしたくて、フルーツの木《き》をきっているのです。

「それ、名案《めいあん》ね！　ゴールドがみつかればもう、木《き》をきる理由《りゆう》はなくなるもの」

今《いま》まで「木《き》をきるのをやめさせること」ばかりにとらわれていて、「ゴールドをみつければいい」とは、気《き》づきませんでした。

頭《あたま》をきりかえ、みかたをかえれば、解決方法《かいけつほうほう》はみつかるものなのです！

王女《おうじょ》さまが力《ちから》をあわせて、伝説《でんせつ》の〝ロスト・ゴールド〟のなぞをとくなんて。

もやもやしていたなやみごとが、急《きゅう》に、うきうきする冒険《ぼうけん》にかわりました。

「ねえ、イザベラ姫《ひめ》。ゴールドのかくし場所《ばしょ》に、心《こころ》あたりはあるの？」

「ええ！　父《ちち》の書《しょ》さいに、暗号《あんごう》の書《か》かれた古《ふる》い巻物《まきもの》があるわ。〝ロスト・ゴールド〟をさがす手《て》がかりで、ハンターたちもみていたの。いってみましょう！」

「イザベラ姫《ひめ》。そのまえに、ちょっとみせたいものがあるの」

すぐにでも書《しょ》さいへいこうとしていると、ナッティ姫《ひめ》によびとめられました。

「実《じつ》はわたし、いいものを持《も》ってきたんだ。冒険《ぼうけん》に使《つか》えるかと思《おも》ってね」

おおきなグリーンのひとみで、得意《とくい》げにウインクしています。

すると、ロザリンド姫《ひめ》も、すっと立《た》ちあがりました。

「あら、わたしだって持《も》ってきたのよ。すぐにお部屋《へや》へとりにいってくるわ」

6

冒険《ぼうけん》の準備《じゅんび》

ナッティ姫《ひめ》とロザリンド姫《ひめ》は、競《きそ》いあうように、もどってきました。

「わたしが持《も》ってきたのはね……」

ナッティ姫《ひめ》が、おおきな金色《きんいろ》のケースのふたをひらきます。

中《なか》には、みたこともないような道具《どうぐ》がずらり。

「ジュエルの魔法《まほう》のパワーをめざめさせるための道具《どうぐ》よ」

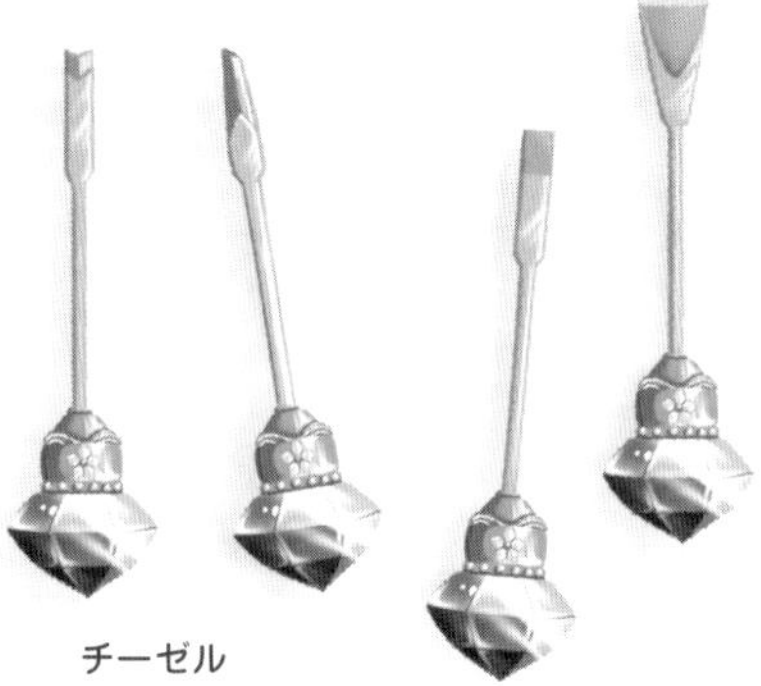

チーゼル

ジュエルをけずって
形《かたち》をかえるもの

つや出《だ》しポリッシュ

ジュエルをつやつやと
かがやかせるクリーム

ハンマー

おおきな
ジュエルを
たたいて
細《こま》かくする

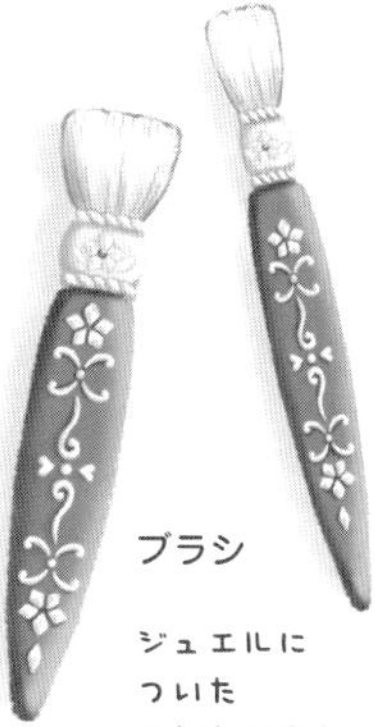

ブラシ

ジュエルに
ついた
こなをはらう

ジュエルルーペ

ちいさな
ジュエルを
みるための
虫《むし》めがね

説明書《せつめいしょ》のたば

道具《どうぐ》の
使《つか》いかたが
書《か》かれている

ピンセット

細《こま》かいジュエルを
はさんで動《うご》かす

「ほかにもまだいろいろあるわ」「こんなに、よくそろえたね！」

おどろくイザベラ姫《ひめ》たちに、ナッティ姫《ひめ》が説明《せつめい》します。

「これね、オニカ王国《おうこく》のジャミンタ姫《ひめ》から、あずかったんだ」

ジャミンタ姫《ひめ》は『ティアラ会《かい》』のひとりで、ジュエルに魔法《まほう》のパワーがあることや、そのパワーをひきだすわざを、みんなに教《おし》えようとしている王女《おうじょ》さま。

すべてのジュエルには、かならず魔《ま》法《ほう》のパワーがねむっていて、〝正《ただ》しい人《ひと》〟が〝正《ただ》しい道具《どうぐ》〟で加工《かこう》したとき、力《ちから》をめざめさせられるというのです。

ジャミンタ姫《ひめ》は、これまでも道具《どうぐ》を使《つか》い、危険《きけん》なものに反応《はんのう》して光《ひか》るダイヤモンドや懐中電灯《かいちゅうでんとう》のように明《あ》かりのともるエメラルドなどを、生《う》みだしてきました。

「この道具《どうぐ》を使《つか》えば、わたしたちでも、ジュエルの魔法《まほう》のパワーをめざめさせることができるって、姉《あね》がいってたよ」

ナッティ姫《ひめ》のお姉《ねえ》さまであるユリア姫《ひめ》は、『ティアラ会《かい》』をつくった最初《さいしょ》のメンバーで、ジャミンタ姫《ひめ》ととても仲《なか》がいいのです。

道具《どうぐ》の使《つか》いかたについては、説明書《せつめいしょ》がちゃんと準備《じゅんび》されていました。

もしかすると、今回《こんかい》の冒険《ぼうけん》でも役《やく》に立《た》つかもしれません。

「トロピカル・フォレストでジュエルの石《いし》をみつけたら、ためしに、この道具《どうぐ》を使《つか》ってみようよ。何《なに》か、新《あたら》しいパワーを発見《はっけん》できるかもしれないわ」

「そうね。持《も》ってきてくれてありがとう、ナッティ姫《ひめ》」

四人《よにん》は道具《どうぐ》をいくつか選《えら》んで、説明書《せつめいしょ》のたばといっしょに、冒険《ぼうけん》へ持《も》っていくリュックサックへ、うつします。


ロザリンド姫《ひめ》はベルベットのふくろから、中身《なかみ》をひとつ出《だ》して、広《ひろ》げました。

それは、ダークグリーンの布《ぬの》でできた、軽《かる》くて動《うご》きやすそうな服《ふく》。

「動物《どうぶつ》を助《たす》けるとしたら、ドレスでは動《うご》きにくいと思《おも》ってね。おつきの女性《じょせい》に手《て》伝《つだ》ってもらって、急《いそ》いでつくってきたの。みんなのぶんもあるわ」

「まあ、すごいわ！　手《て》づくりだなんて」

「この色《いろ》なら、しげみや葉《は》っぱになじむし、危険《きけん》なときに身《み》をかくせるね」

トロピカル・フォレストの葉《は》っぱに
そっくりな、ダークグリーンのセットです。

王女《おうじょ》さまが着《き》るようなドレス
ではありませんが、おそろいで、
ニンジャになった気分《きぶん》。

魔法《まほう》のジュエルづくりの道具《どうぐ》に、このニ・ン・ジ・ャ服《ふく》……どちらも、イザベラ姫《ひめ》のかかえる問題《もんだい》をいっしょに解決《かいけつ》したい、と思《おも》う、すてきな友情《ゆうじょう》のあかしでした。


「だいじょうぶ、ろうかに人《ひと》のすがたはみえないわ」

四人《よにん》は静《しず》かにお部屋《へや》をぬけだし、ヒタヒタと、しのび歩《ある》きでろうかを進《すす》みます。

書《しょ》さいにだれもいないことを確認《かくにん》してから、中《なか》へすっと入《はい》りました。

「ハンターたちがきたとき、たしか父《ちち》は、つくえから巻物《まきもの》を出《だ》していたわ」

イザベラ姫《ひめ》が、最初《さいしょ》のひきだしをあけたとき、

ガッターン！

ああ……いつものドジをやってしまいました。

うしろにあったいすを思《おも》いきり、たおしてしまったのです。

「ごめんなさい、わざとじゃないの。つい、うっかり……」

あわててもとにもどしますが、ロザリンド姫《ひめ》が、ため息《いき》をついて首《くび》をふります。

「だれかが、何《なん》の音《おと》か、みにくるかもしれないわ。急《いそ》ぎましょう」

てきぱきとひきだしを調《しら》べ……ついに、最後《さいご》のひきだしで巻物《まきもの》を発見《はっけん》！

みんなで暗号《あんごう》をみようとしたとき、ろうかの向《む》こうから声《こえ》がきこえました。

「ジョセフィーナ。イザベラたちが、どこへいったか、みなかったかしら？」

お母《かあ》さまがコックに、王女《おうじょ》さまたちのことをきいているのです。

「あの子《こ》たちに、かんむりとティアラの歴史《れきし》を教《おし》えたいのに……」

イザベラ姫《ひめ》たちは、みつからないように、じっと息《いき》をひそめましたが……。
ろうかの足音《あしおと》はさらに近《ちか》づいてきて、書《しょ》さいのまえでとまりました。
（こんなすがたで、お父《とう》さまのつくえをのぞいていることがばれたら……！）
お母《かあ》さまのおどろく顔《かお》が頭《あたま》にうかんだ、そのとき。

ウキャ キャッ

ろうかで、ペトロのはしゃぐ声《こえ》がしました。
「まあ、また何《なに》か、いたずらをしてるのね。
ペトロ！　こっちへもどっていらっしゃい」
コツコツコツ……。
お母《かあ》さまの足音《あしおと》が遠《とお》ざかっていきます。

ペトロがお母《かあ》さまの気《き》をひいて、助《たす》けてくれたのです。

イザベラ姫《ひめ》たちは、そのすきに書《しょ》さいから巻物《まきもの》を持《も》って、お城《しろ》をぬけだします。

フォレストめざして走《はし》っていると、ペトロもぴょんぴょんおいかけてきました。

「あなたって、いたずらの天才《てんさい》ね！」

ふわふわの頭《あたま》をなでたイザベラ姫《ひめ》は、ペトロがかかえているものに気《き》づきます。

「まあ、蝶《ちょう》の髪《かみ》かざり！　持《も》ってきてしまったの？」

大切《たいせつ》なものですが、お城《しろ》へもどしに帰《かえ》れば、お母《かあ》さまにみつかってしまいます。

髪《かみ》かざりはリュックサックへしまい、四人《よにん》はペトロをつれて、先《さき》を急《いそ》ぎました。

7

トロピカル・フォレスト

イザベラ姫《ひめ》は、王女《おうじょ》さまたちの先頭《せんとう》に立《た》ち、歩《ある》きなれた道《みち》を案内《あんない》します。

「みんな、こっちよ！」

フルーツの木《き》の上《うえ》から、金色《きんいろ》のくちばしを持《も》つカラフルな鳥《とり》が、首《くび》をかしげて、こちらをみおろしていました。

四人《よにん》は、草《くさ》がしげり、動物《どうぶつ》のなき声《ごえ》がきこえてくる、でこぼこした土《つち》の道《みち》を、おくへおくへと進《すす》んでいきます。

「わぁ、みて！　きれいな鳥《とり》ね」
「あのお花《はな》、わたしの顔《かお》よりおおきいわ……」
「ここの木《き》のみきは、ずいぶん太《ふと》いのね。両手《りょうて》を広《ひろ》げてもたりないくらいよ」
ナッティ姫《ひめ》たちは、めずらしそうに、きょろきょろあたりをみまわしています。

三人《さんにん》とも、トロピカル・フォレストにすっかり夢中《むちゅう》なようです。

「ほんとうにおもしろい場所《ばしょ》！　まさに、フルーツと動物《どうぶつ》のパラダイスね！」

大好《だいす》きなみんなに、自分《じぶん》のお気《き》に入《い》りのフォレストをほめられて、イザベラ姫《ひめ》は、ほこらしい気持《きも》ちでいっぱいになりました。

キーッ　キーッ　キャキャーッ

ふいに、悲鳴《ひめい》のような声《こえ》がきこえ、何《なん》びきものサルたちが、ものすごいスピードで、木《き》から木《き》へとわたっていくのがみえました。

（どうしたのかしら？　あんなにおびえているなんて……）

おのを持《も》ったハンターたちに、手《て》あらなことをされたのでしょうか。

中《なか》には、背中《せなか》に赤《あか》ちゃんをおぶって、必死《ひっし》に仲間《なかま》についていくサルもいます。

イザベラ姫《ひめ》は、ぎゅっとこぶしをにぎりました。

「これ以上《いじょう》ハンターに、動物《どうぶつ》たちの木《き》をきらせないためにも、急《いそ》がなくては！」


イザベラ姫《ひめ》は、あの巻物《まきもの》を広《ひろ》げます。

「ええと、暗号《あんごう》が書《か》いてあるはずなんだけど……」

のぞきこんだ四人《よにん》は、思《おも》わず顔《かお》をみあわせました。

巻物《まきもの》の暗号《あんごう》はまるで、おさない子《こ》どものなぞなぞのようだったのです。

イタズラ ダ〜イスキ
トロピカルナ バショニ イテ
ノガ トクイダヨ
イッパイデ スズシ〜イ
オイシイ フルーツ
ヒョウキンモノ ダ〜レダ?

ボクハ チイサクテ
ズ〜ット マエカラ
キニ ブラサガル
イエニハ
エダヤ ハッパガ
ダイコウブツハ
マンマル オ××ノ

ペトロはもう、こたえがわかったのか、キャッキャッと手《て》をたたいています。
そう。いたずらが大好《だいす》きな、ちいさなひょうきんものといえば……、
「こたえは **サル！**」
王女《おうじょ》さま四人《よにん》の声《こえ》が、ぴったりそろいました。
〝伝説《でんせつ》のたから〟といわれてきた〝ロスト・ゴールド〟の手《て》がかりとなる暗号《あんごう》。
むずかしいにちがいないと、かくごしていたのに、こんなにかんたんとは！

なぞなぞはとけたけれど、ゴールドのありかはまだよくわかりません。
ロザリンド姫《ひめ》が、木《き》の上《うえ》のサルたちをみあげて、おどけたようにいいました。

「サルにきけば、ゴールドのかくし場所《ばしょ》がわかるって、意味《いみ》かしら？」

まさか！

ずっとむかしにかくされたのですから、サルもさすがに知《し》らないでしょう。

「ねえ、もうひとつ、おもしろいことに気《き》づいたわ！」

イザベラ姫《ひめ》は、絵《え》のサルがさわっている文字《もじ》だけを、順《じゅん》に指《ゆび》でたどります。

……**「サ」「ル」「ノ」「シ」「マ」**！

「実《じつ》はこのサルの絵《え》がほんとうの手《て》がかりなのかも？　トロピカル・フォレストには〝モンキー・アイランド（サルの島《しま》）〟とよばれる場所《ばしょ》があるの。こっちよ」

川岸《かわぎし》へおりると、流《なが》れの真《ま》ん中《なか》にうかんでいる、ちいさな島《しま》を指《ゆび》さしました。

「大好物《だいこうぶつ》のフルーツの木《き》が
あって、サルたちがいっぱい
くらしているのよ。あの島《しま》にゴールドが
ねむっているのかもしれない。マデロたちが暗号《あんごう》のもうひとつの
こたえに気《き》づかないうちに、島《しま》へわたりましょう！」
イザベラ姫《ひめ》が、はりきっていると……。

ドンッと、おおきな音《おと》がひびきました。

ハンターたちが、近《ちか》くでまた、フルーツの木《き》をきりはじめたのです。

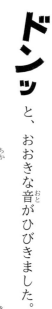

「親方《おやかた》！　おたからの場所《ばしょ》は、ほんとうにここで正《ただ》しいんでしょうね？」

ハンターのひとりが、マデロにどなるようにたずねています。

「チッ、知《し》らん！　だいたい、このあたりだろうよ。おれにきくな！」

いらいらしているのか、お父《とう》さまのまえとは別人《べつじん》のように、ぶっきらぼうです。

「だって親方《おやかた》、王《おう》に暗号《あんごう》をみせてもらったんでしょ……まさかとけなかった？」

「ばかいうな。こたえは〝サル〟だ。だが、それがなんだっていうんだ。ったく、子《こ》どもだましの暗号《あんごう》で、役《やく》に立《た》たねえ」

……やはりマデロはまだ、暗号《あんごう》のもうひとつのこたえにたどりつけていないのです。

しげみにかくれてきいていたイザベラ姫《ひめ》は、不思議《ふしぎ》でなりません。

(大人《おとな》たちはなぜ、ほかにヒントがあるって気《き》づかないのかしら?)

頭《あたま》がかたくなって、だいじなことがみえなくなってしまうのかもしれません。

ふん、と鼻《はな》を鳴《な》らしたマデロは、たおれたフルーツの木《き》をけりました。

「ここがどうなろうとかまわねえ。木《き》をきりまくって、地面《じめん》をほりかえせ!」

そして次《つぎ》のしゅんかん、耳《みみ》をうたがうようなことをいいはなったのです。

「おたからさえみつかれば、それでいい。とっととおさらばさ！
もちろん、おたからはまるごと
おれたちトレジャーハンターのものだ」

なんということでしょう……イザベラ姫《ひめ》はショックで、くちびるがふるえました。

おもて向《む》きは、発見《はっけん》したゴールドの半分《はんぶん》をおさめると約束《やくそく》しておきながら、うらではこっそり、ゴールドを全部《ぜんぶ》持《も》ちにげするつもりなのです。

（お父《とう》さまはだまされて、だいじな暗号《あんごう》をみせてしまったんだわ……！）

ゴールドで国《くに》がしあわせになると語《かた》っていたお父《とう》さまの顔《かお》が、頭《あたま》をよぎります。

〝ロスト・ゴールド〟は、むかしの人《ひと》びとが守《まも》ろうとした、国《くに》のたからです。

それをうそをついて、うばおうとするなんて……。

（こうなったら絶対《ぜったい》に、ハンターたちよりも先《さき》に、ゴールドをみつけなくては！）


イザベラ姫《ひめ》たちは、たおれていた太《ふと》い木《き》の枝《えだ》を、ハンターたちからみえないところへはこぶと、それを橋《はし》にして、モンキー・アイランドへわたりました。

「おどろいたわ！　この巻物《まきもの》、紙《かみ》をはずしてひっくりかえすと、まだ暗号《あんごう》がある」

だれもみないようなうらがわにも、手《て》がかりのつづきがかくされていたのです。

イチバン　タカイ　キノ　シンゾウヲ　ミヨ

〝いちばん高《たか》い木《き》〟……イザベラ姫《ひめ》は、モンキー・アイランドのどこかに一本《いっぽん》だけ、百年以上《ひゃくねんいじょう》もまえからの木《き》があると、きいたことがありました。

その木《き》はすぐにみつけましたが、〝木《き》の心《しん》ぞう〟が、どこだかわかりません。

暗号《あんごう》をとくために、みきのまわりをまわって、さけめを確《たし》かめていると、ナッティ姫《ひめ》が「しぃっ、みんなかくれて」と合図《あいず》しました。

向《む》こう岸《ぎし》からハンターがひとり、こちらをみていたのです。

8

ロスト・ゴールド

イザベラ姫《ひめ》たちはハンターに気《き》づかれないよう注意《ちゅうい》して、木《き》を観察《かんさつ》します。
（体《からだ》に血液《けつえき》をおくるのが、心《しん》ぞう。木《き》に水《みず》をおくるのは……根《ね》？）
そう、木《き》の心《しん》ぞうとは、根《ね》なのです。
地面《じめん》からうきあがった根《ね》を調《しら》べます。
「あ！　根《ね》と根《ね》のすきまに何《なに》かある」
ドキドキしながら、手《て》を入《い》れてつかみ、力《ちから》をこめてひっぱりだすと……。

ぱあぁっ。
まばゆい光《ひかり》が、あたりを金色《きんいろ》に
照《て》らすではありませんか！

金《きん》のサルの像《ぞう》、
きみょうなサルの仮面《かめん》、
そして……こぼれでる金貨《きんか》。

「わたしたち、
〝ロスト・ゴールド〟をみつけたのね！」

ふくろは古《ふる》く、ひももぼろぼろで……かざりのビーズがころがりおちます。

何百年《なんびゃくねん》もゆくえ不明《ふめい》になっていた〝ロスト・ゴールド〟が、若《わか》い王女《おうじょ》さまたちによって、こんなにもあっさり発見《はっけん》されるとは！

「美《うつく》しい金色《きんいろ》ね……むかしの人《ひと》びとがとりこになったのも、わかるわ」

これまで、頭《あたま》のかたい大人《おとな》たちは、暗号《あんごう》をむずかしいものだと思《おも》いこんだり、紙《かみ》のおもての暗号《あんごう》しか、みてこなかったのでしょう。

想像力《そうぞうりょく》があり、自由《じゆう》に考《かんが》えるイザベラ姫《ひめ》たちだからこそ、たどりつけたのです。

ゆっくりながめてもいられません。

みんなは、金貨《きんか》や仮面《かめん》、像《ぞう》などを、急《いそ》いでふくろの中《なか》へもどしました。

ハンターたちに横《よこ》どりされないよう、お父《とう》さまのところへとどけるのです。

「〝ロスト・ゴールド〟がみつかったとわかれば、もう、フルーツの木《き》をきらせる必要《ひつよう》もなくなるわ。お父《とう》さまは、ハンターたちにストップをかけるはずよ」

冒険《ぼうけん》のゴールがみえた気《き》がして、立《た》ちあがろうとした……そのとき。


「おい！」


向《む》こう岸《ぎし》から男《おとこ》の声《こえ》がして、四人《よにん》は息《いき》がとまりそうになりました。

ゴールドに夢中《むちゅう》で、すがたをかくすのを、すっかり忘《わす》れていたのです。

「おまえは……城《しろ》にいた王女《おうじょ》だな？　おれたちのおたからに何《なに》していやがる！」

マデロがこちらをにらみ、どなり声《ごえ》をあげます。

ゴールドのかがやきに気《き》づいて、みにくい本性《ほんしょう》をあらわしたのです。

「おらおら、ゴールドをわたせ！」「さもないと、ひどいめにあわせるぞ」

ハンターたちが口《くち》ぐちに、がらの悪《わる》い言葉《ことば》を投《な》げて、おどしてきます。

「はやく、反対《はんたい》がわから川《かわ》をわたって、お城《しろ》へもどりましょう」

イザベラ姫《ひめ》は、金貨《きんか》のたくさん入《はい》ったふくろを持《も》ちあげようとしましたが……、

「だめだわ。重《おも》くて動《うご》かせない！」

王女《おうじょ》さまたち全員《ぜんいん》で力《ちから》をあわせても、びくともしません。

「おい、あいつらが使《つか》った橋《はし》があるはずだ。あの島《しま》へわたれ！」

マデロの命令《めいれい》で、ハンターたちがいっせいに、橋《はし》をさがしはじめます。


「ロザリンド姫《ひめ》、アミーナ姫《ひめ》。さっきの橋《はし》を、川《かわ》へ落《お》とせるかやってみて」

イザベラ姫《ひめ》はふくろを持《も》ちあげようと力《ちから》をこめながら、ふたりにお願《ねが》いします。

「おまえら、ゴールドをわたさないなら、ここの木《き》を一本残《いっぽんのこ》らずきるぞ！」

マデロがさけぶと、そばにいたサルたちがおびえて、さわぎはじめました。

もしも木《き》を全部《ぜんぶ》きられてしまったら……マデロたちなら、やりかねません。

「ナッティ姫《ひめ》、どうしよう！」

ふりかえると、ナッティ姫《ひめ》の顔《かお》は、いかりで真《ま》っ赤《か》になっていました。

「だいじょうぶ。あの人《ひと》たちをくいとめる方法《ほうほう》があるはずよ……そうだ！」

ナッティ姫《ひめ》は、すばやく、背中《せなか》のリュックサックをおろします。

「ジュエルづくりの道具《どうぐ》があるじゃない！　ピンチのときは、ジュエルが力《ちから》をかしてくれるって、姉《あね》のユリアもいっていたわ」

その言葉《ことば》にはげまされ、イザベラ姫《ひめ》もリュックサックをのぞきました。

ジュエルをくだくハンマーに、つやを出《だ》してかがやかせるポリッシュ、ジュエルをけずるためのチーゼル……。

道具《どうぐ》はたくさん持《も》ってきたけれど、かんじんのジュエルがありません。

「ティアラやネックレスは、着《き》がえたときにはずしてしまったし……そうだ、ペトロが持《も》ってきた髪《かみ》かざり！」

蝶《ちょう》の羽《はね》のところに、青《あお》いサファイアがあるのを思《おも》いだしたのです。

「サファイアのパワーをめざめさせる道具《どうぐ》って、どれだろう？

つや出《だ》しポリッシュは……役《やく》に立《た》たないか。つやっとさせても、意味《いみ》ないよね」

ナッティ姫《ひめ》は、道具《どうぐ》の説明書《せつめいしょ》をとりだし、あせってめくっています。

ドンッ と、またおそろしい音《おと》がきこえました。

向《む》こう岸《ぎし》でハンターたちが、木《き》をきりはじめたのです。

そのとき、イザベラ姫《ひめ》はあることに気《き》づいて、目《め》をみひらきました。

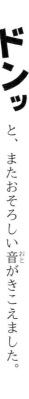

こちらへたおれてきそうな木《き》の先《さき》に、
ちいさな赤《あか》ちゃんサルがいるのです！

おのの音《おと》におびえ、ゆさゆさとゆれる枝《えだ》に、たよりなげにしがみついています。

「やめて！　木《き》の上《うえ》に赤《あか》ちゃんのサルがいるわ。落《お》ちたら、たいへん！」

おおきな声《こえ》で知《し》らせますが、ハンターたちは、おかまいなし。

「この木《き》がちょうどいい。たおして橋《はし》にすれば、島《しま》へわたれるぞ～！」

ロスト・ゴールドを手《て》に入《い》れるためなら、サルがどうなってもいいようです。

「急《いそ》げ、急《いそ》げ！　おたからは、もう目《め》のまえだ！」

木《き》のゆれははげしくなり、赤《あか》ちゃんは今《いま》にも地面《じめん》へふりおとされてしまいそう。

（ああ、はやく助《たす》けないと！）

こんなとき、魔法《まほう》のジュエルがあったら……。

けれど、魔法《まほう》のパワーがめざめるのは、ジュエルと相性《あいしょう》のあった〝正《ただ》しい人《ひと》〟が〝正《ただ》しい道具《どうぐ》〟を使《つか》って加工《かこう》したときと、きいています。

それに、いちかばちかのかけが成功《せいこう》したとしても、サファイアの持《も》つパワーが今《いま》のピンチをすくえるのかどうかも、わからないのです。

ハンターのおのが使《つか》えなくなるようなパワーだったらいいのですが……。

そばではナッティ姫《ひめ》が、泣《な》きそうな顔《かお》で説明書《せつめいしょ》をめくりつづけていました。

「ああ、これは宝石《ほうせき》の加熱《かねつ》のしかただし……これも、これもちがうよ！」

イザベラ姫《ひめ》は、地面《じめん》に出《だ》したジュエルづくりの道具《どうぐ》をじっとみつめます。

そして、えいっと、つや出《だ》しポリッシュの小《こ》びんを手《て》にとりました。

（とにかく何《なに》か使《つか》ってみよう！　失敗《しっぱい》したら、また別《べつ》の道具《どうぐ》をためせばいいわ）

ふたをあけ、銀色《ぎんいろ》のクリームを、指《ゆび》ですくったとき。

（……あれ？）

なんだか、不思議《ふしぎ》な感覚《かんかく》でした。

イザベラ姫《ひめ》は、まるでみちびかれるかのように、髪《かみ》かざりの蝶《ちょう》のサファイアにクリームをぬります。

サファイアはつやが出《で》て、いっしゅん、きらっとまぶしくかがやきました。

そして、光《ひかり》が消《き》えたかと思《おも》うと、ふうっと空気《くうき》のように軽《かる》くなって……、

髪《かみ》かざりが、まるで
ほんものの蝶《ちょう》のように
青《あお》い羽《はね》をゆっくり
はばたかせ、

きらきらと、空《そら》へまいあがったのです！

「すごい！　すごいわ、イザベラ姫《ひめ》！」

そう。イザベラ姫《ひめ》とサファイア、そして、つや出《だ》しポリッシュ……このみっつのくみあわせこそが、魔《ま》法《ほう》のパワーをめざめさせる〝正解《せいかい》〟だったのです！

（やったわ！　でも、この蝶《ちょう》で、ハンターたちをくいとめられる……？）

頭《あたま》をきりかえて、考《かんが》えをめぐらしているうち、別《べつ》の方法《ほうほう》がうかびました。

もどってきたアミーナ姫《ひめ》に髪《かみ》のリボンをかりると、蝶《ちょう》とふくろを結《むす》びつけます。

（もし、この蝶《ちょう》がゴールドを持《も》ちあげられたら……赤《あか》ちゃんも助《たす》けられる！）

はたして、イザベラ姫《ひめ》のひらめきは、うまくいくのでしょうか……？

9

魔法《まほう》の蝶《ちょう》

魔法《まほう》の蝶《ちょう》がぱたぱたと羽《はね》をはばたかせると、ふくろは少《すこ》し動《うご》きました。

「重《おも》いけど……がんばって！」

祈《いの》るように声《こえ》をかけると、ついにふくろが、宙《ちゅう》にういたのです。

やんちゃなペトロが、とびつきます。

「だめよ！　あぶない！」

魔法《まほう》の蝶《ちょう》は、ぐらっとおおきくバランスをくずしました……が、

重《おも》いふくろとペトロをぶらさげ、
空高《そらたか》くあがっていきます。
四人《よにん》でも持《も》ちあがらなかった
あのふくろが、ゆらゆらと
とんでいるのです。

**「お願《ねが》い
あの子《こ》のいる木《き》へ
近《ちか》づいて！」**

イザベラ姫《ひめ》がさけぶと、
魔《ま》法《ほう》の蝶《ちょう》はモンキー・アイランドをはなれ、
赤《あか》ちゃんサルのいる向《む》こう岸《ぎし》へと、進《すす》みます。

「ペトロ！　その子《こ》も
つれていくのよ」

ペトロと、枝《えだ》の先《さき》の赤《あか》ちゃんが
おたがいに、うでを思《おも》いっきり
のばしあっているのが、わかりました。
「がんばれ！　あと少《すこ》しよ」
その間《あいだ》にも、木《き》はゆらゆらかたむいて……。

ドンッとたおれる
危機《きき》一髪《いっぱつ》のところで、
赤《あか》ちゃん救出《きゅうしゅつ》に成功《せいこう》！

「そのまま、お城《しろ》へ！」

魔法《まほう》の蝶《ちょう》は「おまかせください」とこたえるかのように、きらっと光《ひか》りました。

そして、ふくろとペトロたちをお城《しろ》のほうへ、ゆっくりとはこんでいきます。

蝶《ちょう》の髪《かみ》かざりが、重《おも》いものをぶらさげてとびつづけるなんて……奇跡《きせき》です！


「おい、何《なん》だあれ！」「ふくろが、飛行船《ひこうせん》みたいにとんでいるぞ」

空《そら》を進《すす》む不思議《ふしぎ》なふくろに気《き》づいたハンターたちが、さわぎはじめました。

「ん？　あれは〝ロスト・ゴールド〟のふくろ……？」「どうなっているんだ？」

ねらっていたたからが空《そら》をとんでいると知《し》り、ぽかんとみあげています。

「おい！　ぼやぼやするな、おいかけるんだ」

マデロが足《あし》をふみならして、どなりました。

「あのふくろをつかまえれば、おたからは、おれたちのものだ！」

ハンターたちは「ウォーッ」とさけび、空《そら》とぶゴールドをおいかけて、ドカドカと走《はし》りだします。


イザベラ姫《ひめ》は、ナッティ姫《ひめ》たち三人《さんにん》に声《こえ》をかけました。

「わたし、あの人《ひと》たちより先《さき》に、お城《しろ》へいく道《みち》を知《し》っているの。ついてきて！」

マデロたちとは反対《はんたい》がわの岸《きし》へわたれば、お城《しろ》への近道《ちかみち》です。

みんなと新《あたら》しい木《き》の枝《えだ》で橋《はし》をかけ、お父《とう》さまのところへ急《いそ》ぎます。

しばらくすると、向《む》こう岸《ぎし》から、ハンターのどなる声《こえ》がきこえてきました。

「おい、王女《おうじょ》たちだ！　先《さき》まわりしやがった」

さらに近道《ちかみち》をして走《はし》っていると、白《しろ》いお城《しろ》の塔《とう》がみえてきました。

背《せ》の高《たか》い門《もん》をくぐりぬけたとき、まえに、魔《ま》法《ほう》の蝶《ちょう》とペトロたちのすがたがみえたのですが……イザベラ姫《ひめ》は、様《よう》子《す》がおかしいことに気《き》がつきました。

蝶《ちょう》は、先《さき》ほどより低《ひく》いところをとんでいて、スピードもかなり落《お》ちています。

ふらふらして、はばたく勢《いきお》いも弱《よわ》くなっていました。

まずいことに……ジュエルの魔《ま》法《ほう》が、消《き》えかかっているのです！

10

最後《さいご》のパワー

イザベラ姫《ひめ》たちの目《め》のまえで、魔法《まほう》は、どんどん弱《よわ》くなっていきます。

「ペトロ、赤《あか》ちゃん、心配《しんぱい》しないで。落《お》ちてもうけとめるわ。でも、できるだけつかまっていてね、お願《ねが》い！」

階段《かいだん》をかけあがりながら、うでをのばしますが、あと少《すこ》しとどきません。

蝶《ちょう》が最後《さいご》に一度《いちど》、羽《はね》をはばたかせたとき、魔法《まほう》がふっととけて……、

かけよったイザベラ姫《ひめ》は、
落《お》ちる赤《あか》ちゃんサルを
みごとキャッチしたのです！

ふくろが階段《かいだん》へドスンと落《お》ちるすんぜん、ペトロはじょうずに着地《ちゃくち》しました。

「なんのさわぎだ？」

エントランスのとびらがひらき、お父《とう》さまがあらわれます。

「お父《とう》さま。わたしたち、〝ロスト・ゴールド〟をみつけたのよ！」

イザベラ姫《ひめ》は、トロピカル・フォレストで起《お》きたことを、急《いそ》いで話《はな》しました。

「ああ……なんということだ。わたしは自分《じぶん》に、とてもがっかりしている。ゴールドに夢中《むちゅう》になって、だまされていたとは。おまえのほうが正《ただ》しかったのに」

真実《しんじつ》を知《し》ったお父《とう》さまは、自分《じぶん》のまちがいに気《き》づき、深《ふか》く後悔《こうかい》しています。

そしてようやく到着《とうちゃく》し、わけまえをせびったマデロに、きっぱりつげたのです。

「もし、お金《かね》をかせぎたいのなら、たおれた木《き》をきれいに片《かた》づけ、かわりに新《あたら》しい木《き》を植《う》えるのを手伝《てつだ》うことだな」

はらはらドキドキの連続《れんぞく》でしたが、これで一件落着《いっけんらくちゃく》。

イザベラ姫《ひめ》は、もとの髪《かみ》かざりにもどった蝶《ちょう》を、そっとひろいあげます。

(この髪《かみ》かざりが空《そら》をとんだといっても、きっと、お母《かあ》さまは信《しん》じないわね)

みんなでお部屋《へや》へもどると、お母《かあ》さまがやってきました。

「まあ、あなたがた！　なんておかしなかっこうをしているの？」

王女《おうじょ》さまがニンジャのような服《ふく》を着《き》ていることに、おどろいているのです。

「あ、あのね、お母《かあ》さま。みんなに、めずらしいブルーの蝶《ちょう》をみせたくて。フォレストの葉《は》っぱとおなじ色《いろ》の服《ふく》なら、蝶《ちょう》をびっくりさせないですむと思《おも》ったの」

とびっきりのいいわけで、ごまかそうとしますが……うまくいくでしょうか。

お母《かあ》さまは、四人《よにん》の顔《かお》を順《じゅん》にみつめ、ふふっと笑《わら》いました。

「わかったわ。もうすぐディナーよ。はやく、おしたくなさい」

もしかすると……お母《かあ》さまは、おとまり会《かい》のほんとうの目的《もくてき》も、すべておみとおしだったのかもしれません。

11

うまくいく方法《ほうほう》

今回《こんかい》の冒険《ぼうけん》で起《お》きた、奇跡《きせき》の数《かず》かず。すべて、イザベラ姫《ひめ》の失敗《しっぱい》をおそれない気持《きも》ちが、みちびいたものでした。

はじめは、トロピカル・フォレストのピンチなのに、両親《りょうしん》に耳《みみ》をかしてもらえず、もどかしい思《おも》いをします。

けれど、そこで立《た》ちどまらずに、発想《はっそう》をかえて、仲間《なかま》の力《ちから》をかりる作戦《さくせん》をひらめいたのです。

仲間《なかま》がいたからこそ〝ゴールドをさがす〟名案《めいあん》もうかび、結果《けっか》は大成功《だいせいこう》。

それだけでは、ありません。

ジュエルの魔法《まほう》をめざめさせる方法《ほうほう》がわからなかったときは「とにかくやってみよう。失敗《しっぱい》しても次《つぎ》がある」と、おそれずにチャレンジしました。

魔法《まほう》の蝶《ちょう》を生《う》みだしたあとも「この蝶《ちょう》は、ハンターをくいとめるよりも、ふくろをとばすのに向《む》いている」と気《き》づき、すぐ実行《じっこう》したのです。

もちろん、考《かんが》えた作戦《さくせん》がうまくいかないことも、たくさんあります。

ハンターたちをスイーツでもてなし、お城《しろ》に足《あし》どめしようとしたときのように。

けれど、うまくいく方法《ほうほう》はいつだって、ひとつだけとはかぎりません。

イザベラ姫《ひめ》のすてきなところは、たとえ、ひとつの方法《ほうほう》がうまくいかなくてもすぐに発想《はっそう》をかえ、次《つぎ》の道《みち》をさがそうと思《おも》えるところ。

ピンチにぶつかったり、うまくいかないとき「だいじょうぶ、別《べつ》の方法《ほうほう》があるわ！」と頭《あたま》をきりかえれば、成功《せいこう》する道《みち》がみつかることもあるのです。

お気《き》に入《い》りのドレスに着《き》がえたイザベラ姫《ひめ》が、赤《あか》ちゃんサルをだきあげ、ろうかへ出《で》ると、ペトロがぴょんとついてきました。

すてきにおしたくをおえたロザリンド姫《ひめ》とアミーナ姫《ひめ》が、階段《かいだん》で待《ま》っています。

すぐそばのドアがひらいて、ナッティ姫《ひめ》もおめかしドレスで登場《とうじょう》です。

さらさらの
ショートヘアが
金色《きんいろ》にきらめいて
サファイヤが
クールに
かがやく
ティアラ
赤《あか》いルビーを
あしらった
ティアラ
かしこさと美《うつく》しさが
ひきたつシルエット
大人《おとな》っぽい
ブルーがお気《き》に入《い》り
Rosalind
ロザリンド姫《ひめ》

ナッティ姫《ひめ》
元気《げんき》な性格《せいかく》によく似合《にあ》うカーリーヘア
夕日《ゆうひ》を思《おも》わせるあかね色《いろ》のドレス
アーチがデザインされた銀色《ぎんいろ》のティアラ
きらきら光《ひか》るジュエルのつぶがいっぱい
おだやかな性格《せいかく》をやわらかな布《ぬの》で表現《ひょうげん》
長《なが》い髪《かみ》をワンサイドにまとめるスタイリング
エレガントなターコイズブルー
アミーナ姫《ひめ》

Isabella

イザベラ姫《ひめ》

すそは
ふんわり
波《なみ》うってるの

歩《ある》くたびに
ゆれる
ロング丈《たけ》

お友《とも》だちといっしょの
ディナーにむねを
ふくらませて

フォレストに
さく
お花《はな》のような
イエロー

美《うつく》しい
ブルーの蝶《ちょう》の
おおきな
ブローチ

ゆるやかに
カールさせた
茶色《ちゃいろ》の髪《かみ》

チョーカーの
イエロートパーズは
小指《こゆび》のジュエルと
おそろい

くるくる
モチーフの
ティアラ
フォレストを
無事《ぶじ》に守《まも》れて
はれやか笑顔《えがお》
階段《かいだん》では
つまずかないように
軽《かる》く持《も》ちあげるのよ

〝ロスト・ゴールド〟は、博物館《はくぶつかん》に展示《てんじ》されることになりました。

伝説《でんせつ》がほんとうなら、ベラチナ王国《おうこく》の未来《みらい》に、何《なに》かおおきなしあわせがおとずれることでしょう。


下《した》の階《かい》から、お皿《さら》のカチャカチャという音《おと》がきこえてきました。

コックのジョセフィーナのつくる、ごちそうのかおりも、ただよってきます。

「楽《たの》しい一日《いちにち》だったね。わたしたち、冒険《ぼうけん》がうまくなっている気《き》がしない？」

ナッティ姫《ひめ》が、にいっと白《しろ》い歯《は》をみせました。

まどの外《そと》の星空《ほしぞら》をみていたアミーナ姫《ひめ》が、ほほえみます。

「わたし、『ティアラ会《かい》』のメンバーでよかった。こうしてみんなといっしょなら、なんだってできる気《き》がしてきたわ」

すると、イザベラ姫《ひめ》のそばにいたペトロが、階段《かいだん》の手《て》すりにぴょんととびのり、何《なに》かつたえたいことがあるかのように、キャッキャッと声《こえ》を出《だ》しました。

「きっと、今回《こんかい》がんばったのは四人《よにん》だけじゃないよ、っていいたいんだわ」

イザベラ姫《ひめ》は、ペトロのふわふわの頭《あたま》をやさしくなでます。

「ペトロ。ほんとうに勇《ゆう》かんな男《おとこ》の子《こ》だったね！」

ほめられたペトロは、とっても満足《まんぞく》そう。

ナッティ姫《ひめ》が、イザベラ姫《ひめ》のかたをちょん、とつつきました。

「イザベラ姫《ひめ》も、すごかったじゃない？　赤《あか》ちゃんサルをキャッチしたりね」

「そうそう、大人《おとな》がとけなかった暗号《あんごう》の真実《しんじつ》にも気《き》づいたし！」

「髪《かみ》かざりを魔法《まほう》の蝶《ちょう》に変身《へんしん》させるっていう、奇跡《きせき》まで起《お》こしたわ！」

……みんなにほめられて、イザベラ姫《ひめ》は、ちょっぴりくすぐったい気分《きぶん》。

かわいくて、かしこくて、勇気《ゆうき》ある女《おんな》の子《こ》は、
いざというときに、すごいパワーを発揮《はっき》するものなのです！

たとえばあなたが、おおきなピンチにぶつかって、立《た》ちどまってしまったとき、
イザベラ姫《ひめ》を思《おも》いだしてみてください。

発想《はっそう》をかえ、別《べつ》の方法《ほうほう》をためしたら……案外《あんがい》、成功《せいこう》するかもしれません。

「うまくいく方法《ほうほう》は、ひとつじゃない」

まえへ進《すす》もうとする女《おんな》の子《こ》には、幸運《こううん》をひきよせる力《ちから》だって、あるのですから。

さて。トロピカル・フォレストでの事件《じけん》も、無事《ぶじ》に解決《かいけつ》！

もちろん、イザベラ姫《ひめ》たち四人《よにん》の友情《ゆうじょう》は、まだまだつづきます。

新《あたら》しいお友《とも》だちもくわわって、さらなる冒険《ぼうけん》がはじまるのですが……。

そのお話《はなし》はまた、いつかのお楽《たの》しみに。

失敗《しっぱい》しても平気《へいき》、平気《へいき》。
次《つぎ》を信《しん》じる
気《き》持《も》ちが

いつか
奇跡《きせき》を
起《お》こすの!

Princess
of
Tiara

ティアラ会《かい》おまけ報告《ほうこく》

お話《はなし》でしょうかいしきれなかったうら話《ばなし》を、あれこれレポートします。

国《くに》じゅうのだれもが
いつでも見学《けんがく》できる
のよ →

ロスト・ゴールドは博物館《はくぶつかん》へ

これをかくした、むかしの人《ひと》びとの文化《ぶんか》やくらしの様子《ようす》を学《まな》べるようにと、展示《てんじ》されたの。

モンキー・アイランドに わたる 枝《えだ》の橋《はし》は

まずアミーナ姫《ひめ》が木《き》にのぼり、長《なが》くのびた枝《えだ》から、川《かわ》の向《む》こう岸《ぎし》へとびうつったの。そしてこちら岸《ぎし》からみんなでおした太《ふと》い枝《えだ》をひっぱってくれてついに橋《はし》が完成《かんせい》〜。ぐらぐらしてわたるの、こわかった〜！

→ 運動神経《うんどうしんけい》ばつぐんなのよ

きってしまった木《き》のかわりに…

お父《とう》さまやハンターたちをお手伝《てつだ》いして、若《わか》いなえ木《き》を植《う》えました。

← 100年後《ねんご》にはりっぱに
育《そだ》っていますように…

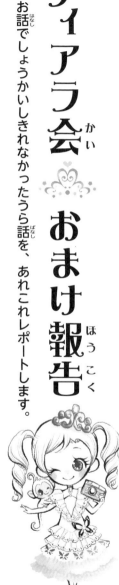

トロピカルフルーツと動物《どうぶつ》のハッピーパラダイス

大好《だいす》きなトロピカル・フォレストでとった写真《しゃしん》です。毎日《まいにち》だれに会《あ》えるか、楽《たの》しみなの〜♪

世界一《せかいいち》美《うつく》しい羽《はね》といわれている蝶《ちょう》↑

陽気《ようき》な仲間《なかま》たちにばったり出会《であ》う♪

→おとなしくて人《ひと》なつっこいよ

←体《からだ》の もようがキュートでしょ

フルーツたわわ♪

バナナにマンゴー、オレンジ。それにパイナップル!

ペトロと魔法《まほう》の蝶《ちょう》にすくわれたあの子《こ》は、母《はは》ザルとフォレストのおくへ帰《かえ》っていきました↓

赤《あか》ちゃんサルと お別《わか》れ…

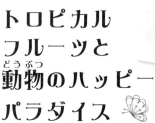

原作：ポーラ・ハリソン
イギリスの人気児童書作家。小学校の教師をつとめたのち、作家デビュー。
本書の原作である「THE RESCUE PRINCESSES」シリーズは、
イギリス、アメリカ、イスラエルほか、世界で 175 万部を超えるシリーズとなった。
教師の経験を生かし、学校での講演やワークショップも、精力的にとりくんでいる。

THE RESCUE PRINCESSES: THE LOST GOLD by Paula Harrison
Text © Paula Harrison, 2013
Japanese translation rights arranged with Nosy Crow Limited through Japan UNI Agency.,Tokyo.

王女さまのお手紙つき
たからさがしと魔法の蝶

2016 年 4 月 19 日　第 1 刷発行　　2022 年 2 月 28 日　第 6 刷発行

原作　ポーラ・ハリソン
企画・構成　チーム 151E ☆
絵　ajico　中島万璃

翻訳協力　池田 光
作画指導・下絵　中島万璃
編集協力　谷口晶美
石田抄子
池田 光

発行人　小方桂子
編集人　工藤香代子
編集担当　北川美映
発行所　株式会社 学研プラス
〒 141-8415　東京都品川区西五反田 2-11-8
印刷所　図書印刷 株式会社　サンエーカガク印刷 株式会社

●この本に関する各種お問い合わせ先
本の内容については　下記サイトのお問い合わせフォームよりお願いします。
https://gakken-plus.co.jp/contact/
在庫については　Tel 03-6431-1197（販売部）
不良品（落丁、乱丁）については　Tel 0570-000577
学研業務センター　〒 354-0045　埼玉県入間郡三芳町上富 279-1
上記以外のお問い合わせは　Tel 0570-056-710（学研グループ総合案内）

学研の書籍・雑誌についての新刊情報・詳細情報は、下記をご覧ください。
学研出版サイト　https://hon.gakken.jp/